지리산에 핀
천년의 사랑

지리산에 핀

천년의 사랑

초판 1쇄 인쇄일 2021년 5월 17일
초판 1쇄 발행일 2021년 5월 20일

지은이 이승옥 서인덕
펴낸이 양옥매
교　정 조준경

펴낸곳 도서출판 책과나무
출판등록 제2012-000376
주소 서울특별시 마포구 방울내로 79 이노빌딩 302호
대표전화 02.372.1537　팩스 02.372.1538
이메일 booknamu2007@naver.com
홈페이지 www.booknamu.com
ISBN 979-11-5776-579-9(03800)

천년의 사랑

지리산에 핀

지리산 부부 시인이 그려 내다

초예 이승욱 · 청천 서인덕 지음

책과나무

시인의 말

2020년 만춘의 계절 어느날.

"여보! 우리 둘이 시집 낼까? '부부 시인'으로 함께 출간하는 거 어때?"

시작은 60 넘은 화백(화려한 백수)의 지나가는 말 한마디였습니다. 날숨처럼 바람에 흩어져 버릴 수도 있었지만, 흔쾌히 동의하며 지지해 준 아내 덕분에 부부가 함께하는 시집을 출간할 수 있게 되어 정말 기쁘게 생각합니다.

부인 이승옥 작가는 천관산 자락 장흥 바닷가에서, 남편 서인덕 작가는 지리산 구례 산골에서 태어났습니다. 말띠인 바닷사람과 쥐띠인 산사람이 여의도에서 만나 사랑했고, 살면서 정들었고 서로 부부로서, 벗으로서, 동반자로서 30여 년을 같이 걸어왔습니다.

한 사람은 선거 관리를 하면서 정치인을 감시·단속하는 선관위 공직자로서, 한 사람은 국민을 위한 정책을 펼치는 정치인으로서

20여 년 가까이 대척점에서 생활했지요. 각자의 직업일 뿐이지만, 부부라는 이유로 시선이 마냥 곱지만은 않았습니다. 하지만 각자의 꿈을 존중했기에 그 불편한 시선에 맞서 더더욱 올곧게 살아오려 노력했습니다. 그렇게 살다 보니 공통분모가 비집고 들어갈 틈이 없어졌던 탓일까요, 저희 부부는 늘 결이 다른 생각으로 일상생활에서 톰과 제리처럼 티격태격하기 일쑤였습니다.

헌데, 우리 부부는 유독 시나 압화 등 예술이나 문학 분야에서만큼은 서로 많은 부분에서 공감하고 생각을 소통하며 느끼는 감정을 공유했습니다. 신기한 일이었지요. 저희 부부가 휴일에 자연에 나가 말없는 지리산과 유유히 흐르는 섬진강을 보고 있노라면 인간의 본질적인 삶의 문제인 생명과 인생 그리고 사랑에 대한 시상이 자연스레 떠오르곤 했습니다. 그렇게 저희는 자연과 함께 살면서 느꼈던 느낌들을 운율로 노래하기 시작했습니다.

그저 순간순간의 느낌을 적은 수준이라 부끄럽지만, 우리 부부는 '지리산 부부 시인'이라는 이름으로 남은 세월을 함께하고자 시집 『지리산에 핀 천년의 사랑』을 내게 됐습니다. 세상의 모든 만물은 나름의 가치와 존재 이유가 있듯 우리 부부의 일상의 소리와 운율도 세상에 작은 울림이 될 수 있다는 생각에 작은 용기를 내어 봤습니다.

이 시집은 누구나 겪는 일상 속의 사랑, 그리움, 행복, 감사 등 인간의 삶을 노래한 담백한 수채화입니다. 함께해 온 긴 여정 동안 틈틈이 그려 온, 우리 부부의 지극히 평범하고 소소한 일상을 담은 글인 만큼 저희 부부의 축적된 짧은 일면들이 세상을 더욱더 아름답게 행복하게 볼 수 있는 소중한 거울이 되었으면 좋겠습니다.

사랑이 피는 장미의 계절입니다. 따뜻한 마음으로 곁에 두고 오래 보아주었으면 합니다.

2021년 5월

지리산 부부 시인

초예 이승옥 · 청천 서인덕

차례

3부 천년의 사랑과 그리움

4부 꽃이 나비와 춤출 때

7부 파란 길에서 만난 인연

8부 바람꽃 피는 날 민심

1

생명이 피어나는 산수유

산수려

이승옥

지리산 자락 산동면
연노란색 세상
나를 환하게 웃게 하네

모든 님들 밝혀 주는
아 그대는 산수려
구례골의 보배로다

맨 먼저
연노랑 봄을 알리는
그대 이름은 산수유꽃이로다

연노란빛 지나 녹색의 나라로
온갖 비바람 그대의 품으로 안으며
늦가을 빨간 열매
환희의 세계로 인도하네

빨간 보석 그대는
건강의 전령사
우리 님들에게 불끈 힘을 주네

섬진강의 봄

이승옥

삶은 팍팍하고
뒤도 돌아보기 힘든 요즘

잠시 고개를 들어 하늘을 보자
주위를 보라!
어느새 봄이다

새 생명의 시작을 알리며
따뜻함을 이끌고 봄이 온다

아찔한 봄 내음에 꽃멀미가 난다
산수유꽃
매화꽃
벗꽃…

행복해서 웃는 것이 아니라
웃어서 행복한 것일지라

같이 웃자고, 웃어 보자고
흐드러진 꽃들이 미소 짓는다

어제의 웃음이
오늘의 행복이
내일의 희망이 있는 곳
자연으로 가는 길

팍팍하던 삶의 풋내는 사라지고
섬진강변 벚꽃길엔
어느새 향기 나는 삶의 꽃내가 짙네

생명이
숨 쉬는 곳

이승옥

태초의 자연이 숨쉬는
심사만 있으면 갈 수 있는 자연으로 가는 길
석양 노을이 부끄러움을 감추듯
섬진강이 휘감아 돌아 보채는 아가의 어머니 모유가 샘솟는 곳

나비처럼 창공을 나는 행글라이더 비행
사성암을 뒤로하고 하얀 미소를 드러낸 함박 벚꽃
가로지른 섬진강에 은어·대사리·참게들의 합창 소리
삼미美삼다多가 어우러지는 곳

야생화의 부끄러움과 화려함이 있는 곳
골리수의 시원함과 축복의 땅 섬지뜰에
산수유·배·오이 건강함이 있는 곳
오늘의 아늑함과 세월의 넉넉함이 우리를 잡는 곳
풍요로운 땅 구례로다

청정함과 푸르름에 연유한 이 모든 것
21세기 생명의 물결이 또다시 움트는 이 모든 것
개혁의 전사들이 외쳐 대는 블루오션이 다시 그리는 저 모든 것들

아! 이곳 우리가 만나는 모든 것의 또 다른 머무름인 것을
축복받은 땅 풍요로운 땅
자연으로 가는 길 구례로다!

지리산 연가

이승옥

백두대간 큰 줄기 남쪽 나라
어머니의 품처럼 온 세상
모든 이를 반기며 우뚝 서 있네

천년 고찰 화엄사 자락 가을바람 따라와
어머니의 치마폭에 한 폭의 그림 그리네
초록빛 갈색으로 하얀 세상으로 모든 이를 초대하네

산수려 골 온누리가 밝아 오네
지리산은 우리의 온정 가득 엄니의 품이로다
이 세상 모든 기氣 노고단 길상봉에 모아
천왕봉·반야봉 모든 봉우리로 힘껏 올라 기상 울리네

님들 가슴 가슴에 어머니의 기氣 받아 축복 넘쳐흐르네
국창 손만갑 선생의 우렁찬 동편제 소리도
천년의 사랑 지리산녀도

구례골의 후손들 기상 펼쳐 문화 향기 가득하도다
가을이 오면 하늘 보며 내 마음이 머무는 곳
산도 사랑도 물도 삼홍소 되어
사철 아름다운 산
그대 이름 명산 지리산이로다

피어나라

이승옥

바람에 꽃 한 송이
비바람 젖으며 또 한 송이
천둥에 꽃 두 송이

아름다운 그대 피어나라
그대 피어나라

달 사냥

이승옥

보름이면 볼 수 있는
휘영청 밝은 달

내 마음에도
지리산에도
피어나네

님의 마음
흔들어 버린 달빛

화엄사 산사
휘감아 돌아

사뿐히 자리 잡고
달빛에 취하노라

가을 오는 소리

이승옥

높아진 파란 하늘 따라
가을 오는 소리가

산들바람 살랑살랑
잠자리 날갯짓에
가을 오는 소리가

오곡백과 익어 가는 풍성함에
가을 오는 소리가

코스모스 한들한들
커피 향 따라

인생이 담긴 향기로운
행복함에 가을 오는 소리가
들리나요?

압화

이승옥

장엄한 지리산의 이름 모르는 야생화
고요한 섬진강둑에 하늘하늘 피어 있는
코스모스!

섬지뜰의 모든 풀·꽃·과일·나무
님들의 희생으로 님들의 부활로
조형예술 꽃누름 압화가 탄생하도다

꽃바람에 실려 보낸 추억의 왈츠
아름답고 소박하게 웃고 있는 님의 모습

새로운 탄생으로 새롭게 부활하는
한 폭의 수채화처럼
한 폭의 풍경으로
한 폭의 정물로
한 폭의 디자인으로

더 큰 기쁨과 환희로
우리에게 감탄과 사랑을 주네

꽃으로 그리는 그림
꽃의 또 다른 부활
님의 이름 꽃누름 압화로다

노란 산수유꽃

이승옥

지리산 노고단의 운해 타고
굽이굽이 은빛 물결

섬진강 따라
노란 봄기운이
퍼지네

희망의 소리가 따라오네
노란 옷고름 입에 물고

님 마중 나온 새색시처럼
산수유꽃 봉오리 하나하나
수줍게 피어나네

계곡과 어우러진 노오란 산수유꽃
산골마을 돌담 따라 노란 꽃송이
미소 가득 님을 반기네

그대의 화사한 얼굴
내 마음에 별처럼 내리네
논두렁 밭두렁 따라
꽃 잔치가 열리고 있네

노오란 세상 꽃물 든 산수유 마을
한 폭의 수채화로다

영원한 사랑을 찾아서
노란
이 봄날이 길게 가기를

조용한 아름다움

이승옥

사색의 잎새들이
땅에 앉아 있을 때처럼

두 손을 무릎 위에 놓고
조용히 묵상할 때처럼

눈감고 내려놓는
조용한 아름다움을 배운다

풀섶 향기를 입에 물고 오는
고마운 새들의 속삭임처럼

구름 사이에 핀 무지개를
저 너머 산 위에 올려놓는
바람처럼

강가 짙은 안개에 쌓인
말없는 사랑을 배운다

추억의 이름

이승옥

빛바랜
파란 가을 하늘
그 공허함들이 빚어낸
깊고 시린 슬픔을 가진 여인이여

오랜 책 속에서
바래 버린 낙엽처럼
어느샌가 바래져 간
아픈 기억들을

추억이란 이름으로
코스모스 꽃내 나는 하늘에
그려 보낸다

아프도록
그리운 이 기다리다
흘러 버린 여인의 눈물

가을날 흩날리는 낙엽만이
위로해 줄밖에…

갈색 바람

이승옥

구절초 하늘거리는 계절
바람이 분다
갈색 바람이

아름다운 시월에
안개 낀 노고단 능선 따라
백두대간 끝자락에

섬진강 변화무쌍한 운해 타고
오색 바람이 분다
갈색 바람이 분다

대나무

이승옥

섬진강
대나무 숲길
바람이 분다

사계절 푸르른 대나무
자연의 소리
바람 불어
대나무 잎사귀
사라락
사라락
사라락
속삭인다

댓잎의 속삭임에
내 마음도
덩달아
사라락

세월

이승옥

봄
여름
가을
겨울
세월 가는 소리가
들리나요?

동백꽃 피기까지

이승옥

그 겨울
동백 봉오리
한참 동안

비바람 맞고
눈보라 맞고
견디고
견디어

어디선가
붉은 동백꽃 피는
소리가 들린다

2

정남진 어머님의 참사랑

그리움

이승옥

연보랏빛
아름다움이
내 마음속에 자리 잡고

빛바랜 추억을 아련히 그리며
나의 마음에 나의 얼굴에 빙그레 미소가…

님이시여!
님이여 그리워라!
꽃처럼 환한 그대가 그리워
추억이라도 아름다이 다듬어 간직하오리

님은 떠나도 꽃은 그대로이네
그대 보고파서 까만 밤을 하얗게 보내며
님의 보랏빛 향을 마시며
님의 추억을 그리며

오늘도 저 하늘에
아름답게 빛나는 별이 되어
그대의 보석이고 싶어라

차 한 잔

이승옥

향기로운 차 한 잔
온몸으로 느끼며

하얀 구름이
오산자락에 피어오르고

온유하고 은은한 향기
내 마음에 스며드네

촉촉이 내리는
하얀 안개비 사성암자에
아름다운 미소로 다가오네

어머니

이승옥

계절의 끝자락에
임을 그리워합니다
5남 2녀
이 세상에 당신의 후사 뿌리시어

긴 밭, 넓은 논
문턱 넘듯 하시며
일곱 자식 걱정에
일평생을 가슴속에 기도하며
자식 잘되어라

지금 팔십이 세 연세에도
바람 잘 날 없구나
안개 속에 떠오른
나의 어머님의 맑은 미소

정남진 들녘의 천관산에
암석처럼 굳어 버린
나의 작은 소망
어머니 건강히 오래오래 사세요
사랑합니다

안개비

이승옥

하얀 안개비
연노란 산수유꽃에 내려앉으면
연노란 산수유 빛깔
향기로 피어올라
내 마음에 적시며 찾아온 첫사랑

꽃이 되고 저 하늘에 별이 되려니
지리산 자락 꽃 담길에 저 들판에
단비가 되어 내리네

오늘처럼 하얀 비 내리면
님을 향한 마음
모두 다 보여 주고 싶어라

그리워라
그리움 하나 사랑 하나
님에게 보내 드리리

추억마다 안개비 되어
가슴속에 추억되어
아름다이 쌓이네

아름다운 향이
나는 님

선과 악의 마음이 일렁인다
선의 마음을 꽃피우라
베풂과 배려

사회적 약자 위해
사랑을 꽃피우라!

이기적인 마음이 강하면
이웃들도 멀어지고
아름다운 향취가 나는 님
벌, 나비 날아드니

선의 마음 널리 날리며
많은 님들 맞이하리다

영원한 사랑

이승옥

꿈속에 찾아와 속삭이듯
님의 사랑에 빠지고 싶은데
꽃만 따라 하네

내가 따고 싶은 꽃은
이 꽃이 아니네

꽃은 눈앞에 들어오는데
님은 향기도 좋은데
이 꽃은 향기도 없네

지리산 자락
산수유 마을이
노랗게 도배질한 것처럼

온누리가 노란 세상이로다
노란 꽃비가 내 마음 적시네

영원한 사랑
추억에 잠겨 본다

관중의 참사랑

이승옥

만추에 끝자락
저물어 가는 계절 십일월에

은빛 물결 억새
웅장함의 암벽이
아름다운 천관산 정기 받아

천관산 아래 모여
하얀 교복 옷깃 날리던
십 대 우리들의 모습 그립고 또 그립네

안갯속에 떠오른 님들의 맑은 미소
추억 속 지난날들 회상해 본다

무정한 세월 앞에 삶의 조각을
아름다이 맞춰 가면서
하얀 그리움 한 조각 정남진 파도처럼
그리움의 추억되어 아련히 밀려오네

고마움의 손길 스승님 그리워도
굽이굽이 많은 사연들
삶이 뒷덜미를 잡아 잊고 살았네

불혹의 중반을 넘긴 친구들이
방방곡곡에서 활동하면서
대한의 미래를 개척해 가는 일원으로

행복한 세상 향하여
둥근 세상 만들어 가는 님
그대들은 영광스런 제30회 관중인이로다

더불어 행복하고 기쁜 날
함께해서 마음 열어
활짝 웃을 수 있는 시간

우리의 참사랑입니다

나의 연결 고리

이승옥

지구별에
오직 하나뿐인

연결 고리

아버지
어머니

달빛 속에
님들의 얼굴이
그려지네

인생

이승옥

구름 따라
바람 따라

불꽃같은
열정으로

한세상
마음껏 호령하며
살아 보세

닻을 올리고
꿈을 향해 나가세

저버린 날에*

이승옥

내 조국아 어디를 갔느냐
어디를 갔느냐
버선발로 찾아보려 나섰건만

원통함에
쥐어뜯을 가슴조차 먹먹하고
다리도 후덜하여
주저앉아 눈물만 흐르더라

아이고야 아이고야
내 조국아 어데 가 버렸느냐
앞에는 지리산 뒤에는 섬진강
저리도 그대론데

너는 어딜 갔느냐
너는 어딜 갔느냐

사라져 흩날리며 귓가에 남는 소리
바람결에 흐르듯이
갈대처럼 살라 헌다

무정한 이야
올곧은 매화는
갈대가 될 수 없음이라

천지가 요동치고
내 나라가 저버린 날에
대쪽 같던 그 매화꽃
풀썩 저버린 날에

매화 향기만 아득히
산허리를 감아 돌더라

* 매천 황현 선생 서거 100주년을 맞아 황현 선생의 뜻을 기리기 위해 선양한 시

나의 손

이승옥

내 손은 땀이 참 많다
뭣이 그리도 서러운지
주르륵주르륵

나의 손은 항상 외톨이
맞잡아 줄 그 누군가의 손은

내겐 그저
머나먼 별나라 이야기일 뿐
익숙해진 외로움에
원망은 단지 푸념일 뿐

허나 가끔은 아주 가끔은
내 손에 겹친 누군가의 손을
그리곤 했다

따뜻한 온기가 느껴질 것 같아
마음 한 켠 얼어붙은 창을 열어 줄
온기를 바랐던 건지도…

어쩌면 나도
누군가의 손을
잡아 주고 싶었는지도 모를 일이다
웃음이 되어 주려고

허나 내 손은 땀이 많은 손
누구 하나 잡아 줄 이도 잡아 줄 수도 없는 손
그저 엉엉 울고만 있는
나의
손

십 대 소녀들의 한

이승옥

천년의 세월이 흐르고
또 천년이 세월이 흘러도
잊혀질까?

가슴 아픈 세월이 가슴 아린 역사가
너울너울 노랑나비 따라 춤추고
굴러간 낙엽만 보아도
떨어진 꽃잎만 보아도
함께 웃고 울면
십 대 소녀의 모습들

부모님 형제자매들과 꿈 많은 소녀 시절
행복한 시간 보내야 할 시기
나라 잃은 서러움의 세월
나라도 조국도
소녀들을 지켜 주지 못했고
일본의 만행도 보호해 주지 못했다

분홍빛 꽃송이
떨어진 꽃잎 되어
여기까지 왔노라

일본군 위안부라는 멍에에
수십 년 가슴앓이하며 지내온 세월
오늘도 일본의 진정한 사과
받고 싶은 소녀여

피어나라 피어나라
소녀여 일어나라

떨어진 꽃잎마다
님들의 넋이 서려
나라 잃은 설움
꽃봉오리 피우지 못하고
떨어진 님들이여

님들의 희생으로
우리 여기 있나이다

노랑나비 따라
춤추고
굴러간 쇠똥만 보아도
까르르 웃는
십 대들의 모습들

3

천년의 사랑과 그리움

님 1

이승옥

님이 곁에 있어
그저 좋지요

님의 향기에 취해
그저 좋지요

님의 눈빛에 빠져
그저 좋지요

님의 사랑 듬뿍 받아
그저 좋지요

님과 함께라면
무엇을 못 하리요

화려한 장밋빛 사랑
님을 감도는 바람이어도
그저 좋지요

제주 선착장

서인덕

고운 님 기다리는 아련한 선착장
고동 소리 들리는데 통통배는 보이지 않는구나

예쁜 색시 뛰는 심장 소리
연두색 바다에 이르니

산들바람 일렁이는 파도에
가쁜 바다는 연두색으로 변해
뱃길 연다네

뱃길 사이에 두고
바다는 하늘에 이르고
하아늘은 바아다 된다네

자미 사모곡

서인덕

어찌 내 솜털 같은 어린 너를
노루장화처럼 취할 수 있겠느냐
이제 막 이슬 먹은 꽃봉오리를
어찌 꺾을 수 있단 말이냐

하룻밤 동숙은 서화담과 황진이라
자미 머리 올려 주고 스승과 제자 약속하니
풍문이 바람처럼 일고 사대부 제자들 힐난 속에
정이 봄비처럼 스며드는구나

칠흑 같은 임란 피난 속 평양 외딴 주막에서
탁주 한 사발에 긴 밤 한숨 풀고 나니
자미는 간데없고 눈물로 흐려 쓴
편지 한 장 덜렁 있네

왜 적장과 차갑고 시린 운우지정雲雨之情 나눠
빼낸 정보 의병이 깃발 올려 평양 탈환하네

꺾지 않고 놓은 정
지아비 사모한 정 되어 충절로 갚으니
사지로 몰린 조선이 다시 천년을 기약하네

사나이는 자기를 알아주는 자에게 목을 내놓고
여인은 자기를 사랑한 사내를 위해 화장을 한다는데
그대는 어찌 목숨 같은 정절을 적장한테 던졌단 말인가

여인보다 술을 좋아하는 정철 그대는
자미에게 하나밖에 없는 스승이었을까 지아비였을까
스마트폰과 빌딩 숲을 헤매는 우리에게
그 아린 정이 강나루 마을 술 향기처럼 다가온다

죽림단상

서인덕

한양 낭군 불현듯 추성현에 당도하니
남겨둔 연군지정 연문지정 절로 일고

봄기운 쫓아 죽녹원에 들렀더니
나무도 풀도 아닌 것이 대오로 반기네

마디 속은 어찌 비어 면암을 깨우고
사시사철 푸르니 송강도 질투허네

초승달 뜨면 매향 춤사위에 장삼 날리듯 하더니
바람 부는 날엔 대금 소리 간장 끊는 듯하고
눈 오는 날엔 하얀 고깔 쓰고 배시시 미소 짓네

새벽녘 촉촉이 내리는 봄비에 맹종죽 고개 들더니
어느새 뜨거운 여름 낮에 선남선녀 놀이터 되고
스산한 가을밤에는 죽향 비둘기 신방이로다

청계천변 자미화는 환벽당과 백일을 벗하는데
가마 위 노구老軀 어사화는 그림 속에서 천년을 피었네

낙지가 면앙정가에 마음 뺏기고
빈도림 선사에 안분지족을 통했으니
혹여 천석고황 날까 손 뻗어 죽잎 꺾고
흰 구름 펴서 한 수 남기고 간다네

영성 음악제

서인덕

어둠이 짙게 깔리자
화엄사 영성 음악이
산사의 종소리처럼
울려 퍼진다

가늘듯 굵어지듯
스치듯
가슴 헤집고 간다

낀까 깅까
탄끼 탕끼
두뚱 뚱뚱

가야금 소리는 깃털처럼
사뿐히 날 것 같고
거문고 소리는 사자 앞발처럼
투박하게 바닥을 친다

고개 내민 휘영청 밝은 달은
오늘만큼은 관람객이구나

세속의 쌓인 번뇌와 찌꺼기는
영성 가락에 숨을 죽이더니
못내 물러가네

춘래불사춘

담장 위로 고개 내민 홍목련
살포시 미소 지으니

육십절 들어선 길손
이팔청춘 짝 만난 듯하고

함박눈처럼 벗꽃 만개하니
관광버스 화들짝 놀라네

가로등 불빛 품고 떨어진 벗꽃
시샘 꽃샘 설雪을 불렀나
철모르는 봄 설雪 야속하기만 허네

낙안왕소군
호지무초胡地無草 춘래불사춘春來不似春
읊조린 그 심사 어설피 촌부 알련만
탁주 몇 사발에 춘심이 이니
그 뜻을 까맣게 잊었네

청산 나들이

서인덕

세월을 머금어 울긋불긋 다시 피던
만산홍엽 피아골 단풍 꽃 뒤로 하고

저 멀리 푸른 바다 끼고 있는 독야청청
느림의 도시로 문학동인 마음 풀러 가네

주억거리며 고깃배 기다리는 기러기 소리
대파 수확 아낙네 서방님 기리는 노랫소리

시시각각 다가오는 슬로 시티의 자태
세속에 욕심이 자욱하니 어찌 다 보일까

천 리 길 만 리 길 펼쳐진 백사장 모래
어떤 꿈과 희망을 갖고 오늘 살고 낼 기델까

오고 가는 파도와 소곤소곤 속삭이다
헤어지고 또 그렇게 세월을 키울까

파도에 밀려 말려 육지의 품으로 올까
파도를 타고 넘어 바다의 품으로 갈까

허연 이빨을 번뜩이며 밀려오는 파도처럼
청도가 다가오니 동인들 갈매기와 날고 있다네

봄날의 걱정

서인덕

창밖 만개한 꽃 언제 질까
봄날에 늙어짐을 걱정하노나

계절 따라 피고 지는 것을
세월 따라 젊고 늙는 것을
사랑 따라 잡고 놓는 것을

무엇하러 그런 사색하는가

그 봄날의 걱정은 달빛 벗 삼아
차와 함께 삭여 본들 어떠리

설한雪寒의 님

서인덕

아! 그립다
눈을 이고 있는 열매는
엄동설한의 님 그린 심사다

님의 애愛를 조롱하는 박이는 얄밉기만 하네
님을 그리워도 갈 수 없는 나목裸木

붉은 핏빛을 토혈하는 그리움을
텃새에게 실어서 님한테 보내 볼까나

서호 나그네

서인덕

달포만에 찾은 새벽 서호 낙조
찬 서리 어디 가고 한파만 걸렸구나

새벽 기운 어둠을 밀어내니
어제 일출은 옛 님 같더니
오늘 일출은 새 님 같구나

기러기 떼 일출을 희롱하듯
상모춤 놀이처럼 날아가니
길 가던 나그네 비행에 합류하네

여기산麗妓山에 사랑 놓고
서호 낙조에 산하 품었는데
세속에 늙어 당당한 척하는구나

기러기는 어김없이 또 오는데
마음 둘 곳 없는 나그네
조석으로 지팡이만 바라보네

연기암

서인덕

유유히 흐르는
섬진강을 발아래 두고

처연히 걸어가는
흰 구름을 머리에 이니
장중히 다가오는 길상봉 병풍 삼아
인연이 닿아야 발길 여는 화엄골 암자

연기조사 창건 종원대선사 중창 터 잡아
만해 스님 목탁 소리 십팔 년 공덕에
대한 최대 문수보살 기도 소원 품어 주니

심약한 불자님 허리 휜 보살님
바람 따라 소원 따라 발길 멈추지 않네

비우고 내려놓고
허심포산虛心抱山 홀로 산사 지키니
큰손 불자님 속절없이 봉헌 시주하네

기세등등한 대장군 애련한 이등병 되니
어깨동무 합장 십여 년에 나무아미타불

주지스님 내일을 놓고 오늘에 사니
암자 떠나 머물 곳 허허虛虛하네
흰 구름에 가벼운 마음을 실으니
화엄사 원찰, 이 암자에서 누가 팽주烹主 될까

화답

이승욱

동백꽃 한 송이 뚝 떨어질 때
매화는 절개로 답하고

복숭아꽃이 분홍빛으로 낙화할 때
이화는 순백으로 답하고

동백이 붉은빛으로 토할 때
앵두는 여인의 입술처럼 피어나네

꽃은
미소로 답하다

이승옥

봄날
씨앗의 희생으로

비바람에
눈보라에
견디며

화사한 그대의 얼굴
미소로 피어나네

꽃씨 하나 날려
다음 세상 기다리네

수석 탐방

이승옥

이른 아침 고요한 섬진강에
피어오른 하얀 물안개를 헤치며
뚜벅뚜벅 나타나는 나그네

오늘 아침은 어느 돌에 사랑을 줄까
어느 돌에 이름을 지어 줄까
아름다운 산천 이름 모를 야생화와
방긋 인사 나누며

유유히 흐르는 저 강물과 대화 나누며
오늘 아침도 수석 탐방에 나선 나그네
육십 년 쥐띠 나의 짝궁 청천이로다

님 2

이승옥

밤하늘에 수많은 별들처럼
수많은 인연 속에
그대와 인연으로 만나서
오늘도 감사하는 마음으로
님을 바라본다

흩날리는 꽃잎 바라보며
내 간절히 님을 그려 본다

그대 이뻐라
그대의 향기도 좋아라
그대의 자태 아름다워 눈부셔라

님의 사랑에 흠뻑 빠져
나의 황홀함이 마음속 울림으로 퍼지네

초심

이승옥

가을이
깊어 가는 만큼

행복도
사랑도
우정도

더 깊어 가길
늘 그런 마음
그대로…

4

꽃이 나비와 춤출 때

상사화

서인덕

나의 새 님
색동옷 곱게 차려입을 때
보는 속눈썹처럼
설레임 머금고 청명 가을 하늘을
향하네

이루어질 수 없는 사랑이란 꽃말처럼
꽃이 지고 나서 잎을 기다리는 아픔과 한을
품고 사는구나

곧게 뻗은 너의 줄기는
지조 높은 여인의 심지 같고
붉디붉은 너의 이미지는
극에 달한 남녀 간의 사랑 같구나

너를 찾은 많은 길손과 여인들이
불바다처럼 뜨겁게 타오른 너의 심장을
봄 나비처럼 희롱하는구나

여인의 붉은 옷자락 같은 불갑 상사화를
섬진강 동해 하얀 벚꽃이
때를 넘겨 시샘할 만하네

춘화

서인덕

때 맞춰 봄꽃이 피니 내 마음도 피네
청초 같은 네가 지면 내 마음도 스러질 텐데

오늘처럼 시들 거면 아예 피지 말 것을
그러면 나도 아픔을 품지 않았을 것을

자연은 자연대로 인간은 인간대로
꽃은 꽃대로 마음은 마음대로 갈진대

피고 지는 것을 탓하여 무엇 하리오
삼라만상이 그럴진대

그래도 피면 좋고 지면 아픈 것을
말과 글로 표현해서 이를 어찌할 건가

하얀 매화의 정

서인덕

남화꽃 봄소식 남기고
매화꽃 그새 시들한고

하얀 매화 어디 가고
분홍 매화 자리한고

일출님 색칠하고 갔을까
석양님 물들이고 졌을까

봄향기님 생긋 감쌌을까
거울님 색시 볼 비췄을까

하얀 님은 소리 없이 갔지만
그 향기는 분홍님을 못 잊네

남쪽 꽃

종로골 연수 마을
살롱집 불현듯 들렀더니
매화꽃이 매병에서 웃네

달려왔나 뛰어왔나
따라왔나 앞서왔나
하늘에서 내려왔나

꽃망울이 머금기도 하고
활짝 피기도 하였구나

천 리 길을 달려온 여인처럼
향기를 품으니
남화 사이로 보이는
님이 매화보다 더 매화로다

사월이 되면
남쪽의 매화·이화·벚꽃 만발 시샘한데
전령사인 듯 먼저 인사하니 더 예쁘구나

세상이 어지러우니
올봄엔 남쪽 향기 맡을 수나 있겠나
잠이나 청하자

시든 꽃

서인덕

동창회 때 활짝 핀 꽃 모두 반겼는데
웃고 줄긴 사이에 어느새 그 꽃이 시들었구나

시든 꽃 꺾어다가
마구간 버려진 쟁반에 놓고 손길 탔더니
어느새 새 꽃으로 다시 피었다네

새 꽃처럼 활짝 핀 청춘이
지팡이 짚는 늙은이 되었다고 구박 말고
자리 옮겨 관심 주면 새롭게 청춘 된다네

오늘도, 주변에 핀 꽃 이리저리 찾아
시들기 전에 옮겨서 오래 피도록
어머니 손길처럼 대해야겠네

수묵화

서인덕

꽃샘추위 부르던 봄비는
나그네 시간을 채찍질하는데

앞산 너울에 벚꽃 매화꽃
솜털같이 몽글몽글 피고
비 갠 뒤 구름 갈 길 멈추니

그리운 님 소식 오매불망
산사 국화차 한 잔 님 향기
담고 싶은 시간이로다

설화雪花 피네

서인덕

하얀 첫눈이 내리니
노오랗게 변한 잎새
앙상한 뼈만 남은 벚나무에
벚꽃이 하얗게 피네

마흔을 갓 넘긴 여인의 가슴에도
마치 봄날 벚꽃이 다시 핀 듯하고

어느새 하얗게 변해 버린 표지석은
구름에 얼굴을 가린 달처럼
내일을 여는 기운을 감추고 숨죽이네

그칠 것만 같은 눈은 하염없이
내리는데 이 내 마음 왜 이리
바쁘기만 한지

눈이 멈추니 벚꽃도 지고
내 마음도 멈추네

우리는 그렇게 멈춤에서
새봄을 또 기대한다네

폭염 속 난꽃

서인덕

사무실에 난이
등 뒤에서 노크한다
폭염 속 에어컨 바람에도
다섯 팔을 쫘악 벌리고
고개를 서서히 든다

아! 맞다
수줍은 아가씨처럼
난꽃이 피었다
가냘픈 초록의 숲에서
어느새 나를 잡아챈다

들린 코를 가까이 대고
향기를 마셔 본다
스르르 미닫이문을 열고
어느새 들어온다

관악산 자락 지인과 통화하는 사이에
향기가 손풍기 바람을 타고
뱀사골에서 부는 산들바람처럼
다가온다

내일은 또 다른 꽃과
대화를 하지 않을까 하는
얄팍한 꿈을 꿔 본다

화엄 홍매화

서인덕

어서어서 보고 싶다
뚱강뚱강 설레는 맴에
빛바랜 화려함으로
시들었으면 어찌하나

길상봉이 굽어보는
옴팍한 곳에 자리한 천년 고찰
화엄사 대웅전에 핀 홍매화

각황전 처마 뒤편으로
불현듯 보이는 홍매화는
성긴 춘부의 심사가 기우였다는 걸
확인해 주는 듯 웃고 있다

벌써 얼룩덜룩 관광객들의 마음
이미 카메라 셔터에 닿아 있다

선사의 종소리 운율을 타고
홍매화와 함께 대화했으면 좋으련만

돌아오는 길
산사에 또 다른 애기 홍매화가
관광객들의 춘심을 훔치러
화사하게 미소 짓는구나

산사 매화

서인덕

매화 중의 매화는 홍매화요
그중 으뜸은 고목의 홍매화라

산사 종소리와 함께 핀
화엄사 홍매화는 단연코 무등이로다

북적이는 관광객 속 매화보다
새벽녘 혼자 꽃피울 때가 더 좋구나

혹여 달빛 향기 쏟아질 때 더 좋으련만
마음은 대낮이라 달빛 향아 찻잔 속에 핀
홍매화를 볼 수 있을는지

아름답게 핀 매화를 알면서도
늦은 걸음 그때까지 갈 수 없으니
이 또한 어이하리오

시간은 거리를 넘어 마음 끝인 것을

꽃과 사람
그리고 뫼

서인덕

꽃은 아름답다
꽃이 꽃일 때 더 아름답다
꽃이 비를 만나면 더 싱그럽다
꽃이 사람을 만나면 더 사랑스럽다

사람은 사랑스럽다
사람이 사람일 때 더 사랑스럽다
사람이 기쁨을 만나면 웃음꽃이 핀다
사람이 고통을 만나면 인내꽃이 핀다

뫼산은 신묘하다
뫼산이 산일 때 더 묘하다
뫼산이 풍우를 만나면 더 절경이다
뫼산이 앞산을 만나면 미덕이 보인다

동백꽃

서인덕

1
동동주 한잔하고 싶어
아우 벗 옆에 끼니

백이숙제 이곳 찾지
어디 누웠단 말인가

꽃 중 가장 으뜸은
술잔 속 동백꽃이로세

2
숫사내들 세차게 품어 대는
해우소 길목에 초연히 서 있는
동백나무 한 그루 붉은 우산을 썼네

아스팔트 위에 우두둑 떨어진 동백꽃
마치 시체가 누워 있는 듯하는구나
흙 위에 떨어지면 거름이라도 되지
너는 어찌해서 이곳에 누워 있더냐?
너를 취해 흙 위에 올려놓고 싶다만

내 신세 같아 그냥 지나쳐 애달프구나
땡땡한 방광 세차게 비우고
동백꽃 따다가 그대의 술잔에 넣었더니

때마침 여인의 입술이 미소 짓는구나
한 잔 먹고 또 보았더니
아리따운 여인의 붉은 심장이 손 내밀면서
오빠! 한잔해 하고
막 술잔에서 뛰쳐나올 것 같은데

오! 막걸리 한 잔 또 한 잔에
동백은 흑산도 홍어탁주집에 피고
취기에 찬 그대 술잔에 피고
하얗게 열어젖힌 내 마음에도 피는구나

취산 진달래

서인덕

취산 진달래꽃 하늘 아래 만개하니
만장의 선남선녀 걸음 바쁘네
꿍짝꿍짝 풍악 소리 어깨춤 절로 도니
치치지 부침개 마음 펴고
동동동 동동주는 줄어만 가네

가쁘게 오르는 먼 산 진달래 꽃
지산으로 달려오네
천 평 만 평 붉게 펼쳐진 꽃밭
여신이 천 년 전에 가꾼 듯

바람결에 흩날리는 붉은 한 마음

입에 닿으니 님 또한 붉게 취해 버렸네

얼룩덜룩 가물거린 등산객들은 어느새 꽃이 되고

잠깐 삼백육십오일 손 세니 취산에 몸을 기대는구나

새싹

꽃보다
아름답다면 믿겠는가
자세히 보라
햇살에 비춰진
연한 빛이
사람의 마음을 훔친다

노오란 빛이 감도는 연초록
새싹이 겹쳐진 색이 오묘하다
오늘도 다르고 내일도 다르다

가까이서 보니까
바람에 파르르 떠는 모습
대나무 소리와 어울릴 때

점박이 두루미가
창공을 날 때
그 새싹을 보았는가

까치가 앉아 흔들리는
가지 위의 새싹을 보았는가

어느새 새싹은
딱딱한 줄기나
넝쿨이 되겠지

벚꽃

이승옥

연분홍
꽃비 내리면

내 마음에
수놓고 싶다

한 땀
한 땀
한 땀…

5

지리산 할배의 꿈

생명의 땅

서인덕

보고 지고 살고 지고
생명의 성姓 민주의 지地
천사의 인仁 길상의 덕德

선비의 의義 백성의 기氣
덕령의 충忠 성웅의 혼魂

무등의 평平 지리의 화和
강호의 정情 호남의 치治

계절의 순환

서인덕

차가운 눈이 시냇물 속으로 스며드니
봄바람이 매화꽃 사이로 돌아오네

시원한 소낙비가 코스모스를 적셔 주니
가을바람이 잣나무 틈새로 찾아오네

노오란 낙엽이 계곡물 따라 흐르니
하야안 눈이 길상봉에 호접하네

까아만 머리가 세월 속에 물들이니
적막한 노구老軀가 산사 종소리 타고 들어오네

지리산 할배의 꿈

서인덕

어머니 품 지리산서
자식 낳고 손주 키우는
구십 할배

지리산 할배는
꿈을 꾸고 있다

늙은이의 꿈
그 꿈을 보았는가

노마지지老馬之智의 묵은지 지혜로
사랑과 화합의 뜨거운 심장으로
나눔과 봉사의 마중물로
더불어 사는 행복한 꿈을…

오늘도 할배 지팡이는
학당으로 요양원으로 향하더니
어느새 종편 지저귐을 길상봉 정상으로 쳐낸다

봄비 푸르름

서인덕

어제 봄비가 살포시 왔나 보다
계곡물 소리가 다르다
씨앗이 나무의 꿈을 피운다
푸르름이 눈 속에 짙어진다
생명의 소리가 솔솔 들린다

연기암 가는 길

서인덕

말 없던 울 각시의 한마디
자기 오늘 연기암 가세
그러세! 추임새 따르니

주차장에 빼곡히 차량들이 줄 섰네
우산 속 연인들 손잡고 안개비 속
주인공이 된 듯 오색 레드카페가
깔려 있네

한 걸음 한 걸음 오르면서
삶의 얘기를 나누니
어깨를 짓누르는 삶의 얘기는
묻어 두고
자연과 대화하고 싶다고 하네

한 그루 단풍나무에
오색 단풍잎 달렸네

세월을 묶어 놓고 싶어 녹색인가
홍단풍은 세월을 재촉하고 싶은가

자연이 만들어 낸
신비로운 풍광
감탄사만 나오네

우와 예쁘다는 그 말뿐이네

후드득 빗속 자욱한 안개 감도는
연기암 관음전 처마 밑 앉아 한 자 흔적 남기네

미소

서인덕

두 눈망울에
나의 가슴에
영원히 담고 싶은
아름다운 그이의 화사한 미소

서시천 다리
건너면
바라보이는
지리산 노고단 정상
하얀 눈으로 덮어

내 마음 산책
내 마음이 울렁이고 있다

어떤 이에게
어떤 정보에
어떤 걱정에
일렁이고 있는가

오늘도
하루가 지나간다

지리산 웅녀에게

서인덕

장하여라
가슴에 하얀 반달을 품은
지리산의 웅녀여!

정작 그대가 기적처럼 살고 있었더란 말인가
수천 년의 세월, 아니 그 아주 이전의 세월을

뱀사골, 반야봉, 노고단, 천왕봉, 피아골…
민족 간 피로 얼룩진 빨치산 전투 때는
빗발치는 총탄을 피해 어디엔가 꼭꼭 숨었겠구나

웅녀여,
오랜 옛날 그대의 조상께서
껌껌한 동굴 속에서 쑥, 마늘을 먹으며
함께한 호돌이를 혹시 아시는지

지금은 이 땅 허리가 철조망으로
칭칭 감겨 있어 서로 오갈 수 없지만
저기 윗동네 숙명 같은 친구 호돌이를
결코 잊어서는 안 되지

하늘의 견우와 직녀가 까치를 다리로 이어 만나듯
어떻게든 그대 웅녀는 호돌이를 다시 만나야만 하는 거야

웅녀여,
한 보따리 쑥, 마늘을 챙겨 들고
그대가 먼저 길을 떠나라
가다가 길 막히면
삼천리 이 땅속의 모든 두더지를 불러 모아 길을 트거라
기어코 다시 만나 북, 꽹과리를 치며 한판 어우러지거라

장한 웅녀여,
해후의 그날까지 부디 몸조심하시라
혹여나 뭇 사내들이 그대를 찾아 두리번거리거든
이는 그대 웅녀를 연모하여 그럼이 아니라
그대의 탐진 쓸개를 노림이니 속지 말 것이며

부디 자자손손 그대 식구들의 번창을 빈다

첫눈 1

서인덕

아침에 창문을 여니
눈이 봄 나비처럼 내리고

참새들 전깃줄에
옹기종기 앉아 눈 속삭이고
멍멍이 복돌이도
눈 잡으려고 훌쩍훌쩍 뛰네

앙상한 나목裸木 눈 덮여
포근한 정원으로 마음 닿네
오는 눈비로 연기암 운무 가득하니
창가에 한 폭의 동양화 걸렸구나

우요일雨曜日
빈 의자

서인덕

둑방길에 세월 담은 의자
외톨이처럼 다가오니

오고 가는 길손
수많은 사연이 솜사탕처럼 떠오른다

외로움 달래려 고개 숙여
연인처럼 원추리와 속삭인다

눈 내리는 날에는
솜이불 둘러쓰고
홀로 갈잎 노래하겠지

동행

서인덕

주말이면 울 마님과 연기암 길을 걷는다
이 길은 음이온이 많이 나오는 트레킹 코스다

울 마님은 산을, 나는 강을 선호한다
그러니 산을 오를 때는 마님이 앞에 선다
혹 강에 갈 때는 내가 앞장선다

그걸 서로 다투지 않고 그냥 걷는다
우리는 누가 뭐래도 같은 방향으로 걷는다

연기암 길 단풍이 순백한 처자 같아
문수보살 크기로 담아 본다
바람을 품은 단풍은 콩깍지 터지는 소리를 낸다

쉬리릭하고 바람 불더니 세찬 비가 쏟아진다
이번 주가 단풍 절정일까? 산야는 말이 없다

제주 새별오름

서인덕

할배 수염 곱게 잘라 심으니
새별오름 억새풀 되었다네
하얀 소금 뿌려 놓은 듯
메밀꽃 만개한 듯 마음 흔드네

바람 소리 길손 여인들의 소담 소리
어디선가 만추 으악새가 우는구나

풍류 남도인 깃털 세우고
오름에 오르니 김삿갓 되네

꽃에 나비가 사뿐히 속삭이니
마음 바쁜 길손 갈 길 멈추네

휴대폰 사진 왠지 허전하니
마음 보따리에 쑥 집어넣고 왔다네

경호강 탐락

서인덕

하늘은 잠자리 날개 너머 청명하고
뻥 뚫린 시야는 돌밭을 거느리네

깨끗하게 차려입은 석님들
여기저기 갈지자로 부르니

무념무상 땀방울 안경 벗고
씨암탉 찾아 목청껏 소리치니
바위틈에 끼인 검정 암탉 솟구쳐 뛰어오르네

바람 이고 가는 강물 우리를 품으니
탁주와 벗 삼은 마음을 어찌 넘보겠나

순천만

서인덕

푸르름은 푸르름대로 아름답고
누르름은 누르름대로 아름답구나

칼바람에 순응한 갈대와 갯벌 속에
팔천 년 순천만의 숨결이 느껴진다

흑두루미 청둥오리 저어새 철새는
갯벌과 창공 사이를 유유자적하고
짱뚱어 망둥이 칠게는 뻘밭 속에 몸을 숨기네

저 멀리 갯벌 헤치며 운행 중인 유람선은
석양 노을을 뒤로하고 개선장군처럼 다가오네

나눔 저금통

이승옥

주머니 속에 동전 하나
서랍 속의 동전 둘

쨍그랑 동전 셋
모아지면

이웃에 사랑을
세상에 꿈과 희망을

박하의 환한 울림으로
나의 마음이 청명해지네

화엄계곡

이승옥

하얀 구름 쉬어 가는 곳
깨끗한 공기 비타민
맑은 공기
숲속의 치유사 피톤치드
마음껏 마셔 본다

아름다운 화엄계곡
들어서면
동백나무에
동박새 한 마리
붉은 동백꽃 향기에
취해 노래한다

걸음 멈추고
눈을 감고
동박새 소리에
감상해 젖노라면
음이온이 풍부한 계곡
오늘도 또 그곳에 가고 싶다

풍요의 땅 구례

이승옥

지리산 1관문 국립공원 1호
섬진강이 휘감아 도는 곳
구례골

신선한 바람
풍성한 햇볕
시리도록 맑은 물

오염되지 않는
기름진 옥토
건강한 구례
친환경의 메카

천하의 명당
구름 속을 나는
새가 사는 집
운조루

금환낙지
나눔의 정신이 깃든 곳

불교문화의 요람
화엄사
연곡사
천은사
국보급 문화제
우국열사인 황현 선생의 사우
매천사

봄 여름 가을 겨울
사계가 아름다운 구례로다

6

메주꽃 홍탁의 멋

메주꽃 동산 나들이

서인덕

메주꽃 동한 마을 발 디디니
고사목 천 가지 애환을 품고
즐비한 메주 향기 코 간질인다

풍금 소리 성적표 울긋불긋 책가방
향수의 초등학교 교실 시간을 붙들고
기묘한 소나무 분재 제주도 석부작
졸졸 흐르는 시냇물 소리 귀를 치니
신천지 무릉도원 분명코 이곳이로다

천 가지 오색으로 수놓은 식단에
청주탁주 한 잔 들이키니 신선 부럽지 않네
오고 가는 찬사 속 이자 저자 동자 맞춰
건배사 경연하니
천하의 호걸들 한마디씩 포효하네

안사장 일껏 손객 맞고
공수에 화답하는 품세는
분명코 여걸이로세
대년에 맞는 새로운 세상

메주꽃 바깥사장 잊을 뻔했네

술 멀리하던 님
오늘따라 막 달리겠다니
당상관들 모두 과속하네

상선약수 향기에 모두 취해
민주꽃 메주꽃 춘란 서로 호응하니
천만 번 들어봐도 기분 좋은 말 "사랑해"
밤새 울려 퍼지네

말집

서인덕

옛 말 매던 곳 천년의 역사를 뒤로한 채
세월이 흘러 말집 해장국으로 바뀌었다네
오십 년 세월이 훌쩍 흘러 버린 옛 할머니는 온 데 없고
중년 아짐이 우리 맞이하네

어이 동상 형님 한잔하세
시뻘건 연탄 이십오공에서
날 잡아먹슈 하듯
조각조각 돼지 껍데기 토닥거리고
입을 꽉 다물었던 꼬막은 잘 익은
밤처럼 쩍하고 벌어지네

학창 시절 죽음 부른
연탄가스
너 한 잔 나 한 잔
세월 한 잔 인생 한 잔
피어나는 연기는 담배 연기와 함께
우리 영혼의 결빙을 녹인다네

맛있게 먹어 잉잉
뭐 내어 가야 되는데요
아무거나 꺼내 묵어! 하는 주인 아짐매의
구성진 목소리가 아직도 술잔에 머무네

잃어버린 10년으로 정권 되찾고
되돌린 민주 20년으로 정권 되찾으려 하고
멈춰 버린 나의 인생 새 삶 살려 하네

여수 어느 시장통
말집
오늘도 야릇한 냄새나는
이곳 찾는 이유이네

홍탁의 만남

서인덕

불금에 고향길 접으니
해 질 녘 홍어와 탁주 오네

영양사 흑산홍어 공수하고
관리사 남원탁주 대령하니

몽룡 춘향 봄바람 타고
방자 향단 얼씨구절씨구
소주 오면 삼겹 나오니
탁주 오면 홍어 나오네

세상사 별거 있나
오면 가고 가면 오는 것을
그렇게 또 조응하는 것을

봄비가 내리면

서인덕

첫사랑처럼 찾아든
봄비 개천을 때리니

꿈틀거린다
섬진강 뚝 민들레 홀씨

송강 정철 깨어나면
강 건너 과부 주막집
탁주 걸치겠구려

꼬기요 때 모를 수탉 울음소리
내일을 꿈꾼다네

비 맞은 새싹
여기저기 모이는 빗물은
고향 찾아가네 연어처럼

번개 만남

서인덕

옛 님 만나 반가움에
얼쑤하려는데
오늘따라 시간을
자르는 이 많네

번개 명분 삼아
오가는 길손 붙들어
주물럭 탁주 한 사발에
회포 푸니

때맞춰 내린 눈 반기니
삼월 나비 날고 유월 개구리 울음소리
들리네

얼어붙은 서호
가마우지 날갯짓하니
솜이불 같은 소로길에
서넛 다정도 하네

발자국 너 찍고 나 찍고
우리 찍으니
우리네 삶이
오롯이 되살아나네

벗 중의 여화

서인덕

통일을 읊조리고 일통 노래하던
세 벗님 만났네
참이슬과 장수 막걸리 춤추니
옛정 절로 솟네

꽃 중의 꽃 남화 중의 여화
계란주 거위주 대박주 선보이니
세 장수 쓰러지네

오늘 이 시각 세정에 여정을 더하니
봄꽃 만발하고 희망이 채근하네

오늘처럼 만나 참새처럼
지저귈 날 또 오려나
지는 해 다시 떠오르면
장길산 하산길 털보네 주막
술독이 주인 몰래 비네

주막 주인 타박하기 전

엽전 놓고

발길 재촉하세나

삼학도 서대회

서인덕

여수 와서 서대회는 먹고 가야지
아는 놈은 다 안다
이곳 음식 중에 최고라는 것을

못생긴 놈이 성깔은 있어 잡으면 금방 죽는다

셋이 가서 서대회 무침 한 접시
한국의 전통 와인 쌀막거리 탁주 한 병
출렁이는 파도 소리 귓전에 곁하고
낮 시간 여인들 마주 보고 오손도손

붉디붉은데 시지 않고
어찌 고소하게 슬슬 녹는단 말인가
서무침도 별미지만 삼학도 주인 따님
미소 또한 나그네 붙잡네

삼학도 벗어나 궐련 꼬나무니
붉은 벽돌 이층집 외롭지 않네
그 옛날 저 이국인 하멜도 이곳서
서대회 무침 벗 삼아 탁주는 했는지

또 옴세 또 옴세
방파제 파도 소리 그렇게 철썩철썩
한낮 태양빛에 더욱 붉은 하멜등대 멀어지네

영산포 아줌마

서인덕

거무스레한 어느 날 달밤에
어디선가 노랫가락 차차차
흥겨운 님의 조각 소리
힐끔 곁눈질하여 보니
영산포 홍어와 탁주 집이라

오는 손님, 단골손님 차 버리고
우리 모두 채우니
탁주 나오는데 소주 나오고
김치 나오는데 돼지고기와 홍어 나오는구나

아줌마! 어디예요?
전남 나주시 영산포 노안이래요
어따 거시기, 거기 그만 어째서
오늘 알았간가 잉!

홍어 맛 진미요,
탁주 맛 천년의 술이라
마음을 세워도
흐트러지는 것을 어이할꼬

숨은 듯, 마는 듯 소금 맛처럼
웃는 아줌마의 기풍이
홍어와 탁주의 맛 더하는구나

하나요 하나요, 오늘을 그리니
영덕 게는 어디 가고 포항 게는
어찌 그리 나불나불
아줌마의 심금을 헤집고 가는지

한마디로 분위기를
평천하平天下하시는 금일 물주
오늘 절반만 받으세요
작금의 말이다

인간 극장

서인덕

술시가 오는데 좋은 곳 없나, 막걸리 선술집
어! 있어, 꽃샘추위 덜며 스며드는 바람을 뒤로하고
종종걸음으로 내다 달리니
고불고불 휘어진 시장통에 네 평 후미진 곳
탁자 네 개, 주모 한 분, 그리고 손님

우글 바글, 매제가 나이가 많아도 형님이라고 불러야제!
그랑께 그렇당께! 아니야! 나는 그렇지 않아!
싸울 듯 말 듯 호칭을 놓고 입씨름이 한창 왱왱거린다
빙빙 흔들어 세워 따르는 탁주가 어디로 흘러가는지
덜 흔들어 내리니 청주요
세차게 흔들어 따르니 탁주로다

그냥 갈까? 형님! 그냥 그러려니 하고 우리 생각만
이곳은 매일 형형색색 술꾼들이 찾는 곳
한 병씩 마시는 사람, 두 병씩 먹는 사람, 술병을 못 세는 사람
소주 마시는 사람, 맥주 마시는 사람, 막걸리 마시는 사람
모두 매일매일 술과 함께하는 사람들이다

절대로 막걸리 먹는 사람이 소주 먹지 않는다
단골손님도 혼자 탁자를 독차지해서 먹을 수 없다
새로운 손님이 오면 그 손님과 합석을 해야 하는 곳
기분 좋고 마음에 맞으면 형님, 동생, 누님이다
어쩔 땐, 슬며시 미소만 짓고 각자 마시면 된다

이곳은 인간시장인가 인생극장인가
일만 냥 내놓고 이렇듯 편안케 세상사와 술 벗 삼을 수 있던가
아우를 떠나보낸 형님의 이 한 소리도 가슴에 와 닿는다
죽은 자도 갔는데, 또 산 자도 갔다

오! 영혼의 추락이여

빛이 보이지 않는 암울 속의 깊은 터널에서
헤매이고 있는 중생들이여
주머니 생각 말고 서방정토 가기 전에 이곳 한번 들러 보소
술도 마시고 사람도 보며 희망도 찾아보세

용호정 龍湖停

서인덕

휘어진 적송赤松 소나무는
천년 세월 청청함을 드러내고
휘익휘익 굽이 흐르는 섬진강은
천년 세월 기개를 품어내네

긴 세월 속 고고함을 간직한 용호정
송림을 좌우로 품어 병풍으로 하고
우뚝 솟은 오산을 준령으로 삼아
유유히 흐르는 강물을
끌어들여 호수 만들었네

무릇 선사들 이곳에서 읊으니
오언절구요 칠언고시라

천년 시주들의 영혼이 살아
운무에 감싸여 신비로움이 넘치는 곳
이곳이 용대 용호정이네

구슬프게 들려오는 한시는
천년의 세월을 타고
가슴을 파고들고

끼잉끼잉 아쟁 소리는
짝 잃은 여인네의 애간장을 끊어 내는데
검붉은 정치인들 뜻 모르고
겉인사만 번지르르하구나

강물 따라 흐를까

서인덕

외기러기 개천을 거슬러 나는데
흐르는 강물 따라 홀로 걷네

기세 얻은 바람은 사방에서 힘을 내는데
세상 길 찾아봐도 곧은 길 없구나

희로애락 품고 흐르는 서시천
새골재골 새소리에 잠시 생각을 놓으니

진초록 옷 입은 오산鼇山은
어느새 오봉산五峯山을 이끌고 있네

세상사 물으니 섬강은 유유하네
천년 지킴이 수양버들은 강심을 알까

진달래주
벗 삼아

서인덕

드라마 없는 18대 총선이 치타 목구멍까지 다가왔다
가파른 관악산을 무거운 등짐을 지고 오른 듯
식목일 쓰레기 줍기 행사에 이어 관악산에 오르니
선거는 미진이고 인생은 바람이라

코끝을 간질거리는 꽃가루는 연인의 아픈 독 같고
참다못해 내뱉는 '에취! 에취!'는 정치를 내치는 듯
돼지고기, 막걸리, 딸기, 청수는 무거운 마음을 짓누르고
헬기장 아랫녘 명당자리는 진달래가 품고 있구나

신문지를 이리저리 깔아 바람에 날리지 않도록 하니
아랫목이 따로 있나 명당이 따로 있나 앉으면 되지
족발 살점 하나에 막걸리 한 사발 아방궁이 여기로다

빈 술잔에 막걸리를 따르고 거기에다 진달래를 하나 따서 담그니
볼그레한 빛깔이 이팔청춘 처자의 복숭아 얼굴이고
다시 들어 보니 진달래주요, 아끼듯 마셔 보니 신선주가 따로 없다

부평초 같은 우리 인생, 어딘들 어떠하리 여기서 멈추고 잠든다 한들
오른 이 내린 이 하나같은데, 그 유별을 따져서 무엇하리
한 갑자 돌아오는 이는 모두 벗이 되고
모두 인생의 동반자인 것을

평범한 만남

서인덕

쇠주와 회가
태양 소용돌이 속에서
어울리는 밤이다

부연 담배 연기는
주막 연변 아줌마
옷자락을 스친다

매일 오는 금요일 태양식당
자그마한 다락방 한 켠
앉을 새도 없이
커다란 충격이 온다

옆 동네 회관 영양사 밥 퍼 주는 아줌마
이름 모를 20대 처자
반갑소 반갑소 어디서 보았단가
어! 맞아 그곳에서 보았던가

일상생활에서 평범한 만남이 오늘,
이곳에서 색다른 만남이 됐다
그대 그대들이 아름답고 추하고
뚱뚱하고 섹시하고는 접어 두자
오늘 그 평범한 만남이
그 행복한 만남으로 우리에게
다가왔다는 것에 마음 두자

자기 멋져! 당신 멋져! 궁궁 따리
한 번 더 자기 멋져! 당신 멋져! 궁궁 따리
또 한 번 자기 멋져! 당신 멋져! 궁궁 따리

참이슬 하얀 연어
인연因緣인가 과연過緣인가
업보業報인가 미연未緣인가
오고 가는 술잔 부딪치는 술잔 소리에
님은 가누나

춘우

서인덕

문틈 사이로 슬금슬금 들어온 봄바람
옷고름 건드리니 그리운 님 먼발치

점심나절 가마솥 김이 모락모락
밥 익는 소리에 아낙네 발걸음 바쁘네

아침나절 눈물 흘렸던 거울 보고 또 보니
그리운 님 벌써 실개천 가벼이 건너오네

7

파란 길에서 만난 인연

인연

서인덕

인연은 새끼줄 같이 꼬여 있다
인연은 심줄처럼 질기다
인연은 노래처럼 가락이 있다
인연은 울다가 웃다가 한다
인연은 산소처럼 우리 곁에 공존한다
인연은 물처럼 넘고 돌아서 흐른다
인연은 나무처럼 가꾸어야 열매를 맺는다
인연은 시공을 넘나든다

인연은 시공을 넘어
베베 꼬여 있는 새끼줄처럼 다가온다
부딪히는 술잔 속은
실오라기 걸치지 않는 여인의
설레임으로 심장이 고동친다

오고 가는 추억의 부스러기는
질긴 삼줄로 그려 낸 동편제 가락으로 들린다

인연은 얼싸절싸 피네골 계곡물처럼
넘고 돌아 벌겋게 흐른다

우리 곁에 손님처럼 머물고 있는 인연은
갓난아기처럼 보살펴 주고
우리가 가꾸어 나가야 할 소중한 꽃인 것을…

나의 반려자

이승옥

같이 있으면
바둑이와 나비처럼
멍멍멍 야옹야옹

떨어져 있으면
애잔함과 보고픔에
굿모닝! 오늘도 힘내세요

나의 님 나의 짝궁
나의 맘 나의 영혼

여보 당신 꼭 손잡고
길고 긴 인생길
오래오래 영원토록 같이 걸읍시다

내가 살아 있을 때

서인덕

새봄을 알리는 것은
천년 고도 방장산 복수초요
완연한 봄을 알리는 것은
천만 인파 마음에 핀 영취산 진달래꽃이라

청춘이 살아 있음을 알리는 것은
없는 듯하는 나의 마음이요
만춘이 살아 있음을 알리는 것은
나이 먹음을 서러워하는 나의 얼굴이라

내가 살아 있음을 아는 것은
또 다른 내가 찡그릴 때요
인생이 살아 있음을 아는 것은
왁자지껄 정신없이 술 취할 때라

거물과 그물

서인덕

자기! 급박한 집사람의 목소리
어! 또 헤딩했어, 방정맞은 소리, 재수 없이

뭔데, 아들놈이 야간 학원 생활에 힘들어하기에
집사람이 한마디 한 모양이다
아빠처럼 공부해서 편안하게 생활해야지 그렇지

엄마는 공부 잘했어?
응! 그렇단다
근데 중학교까지는 공부를 잘했는데
친구를 잘못 만나서 그 뒤로는 공부에 소홀했단다

아빠 직급이 몇 급이야 4급이지
그러면 엄마가 거물을 낚았네!
이 말이 집사람의 자존심을 크게 상한 모양이다
그래서 고告할 모양으로 급히 전화한 것 같다

그래도, 남편은 자기편인 양 편들어 달라는 뜻으로
아들에게 그게 아니라고 전화를 하라는 뜻이다

아들! 조그마한 피라미는 낚시로 낚지만,
아빠와 같은 큰 고기는 낚시가 아닌 그물로 잡아야 한다
작은 그물도 아니고 큰 그물로 쳐야 거물을 잡을 수 있지

그래서 "아빠보다 엄마가 더 크단다"라고 말해 줬다
집사람 얘기로는 화장실에서 막내아들이
응! 응! 하는 소리를 들었다고 한다
나오더니, 엄마가 아빠보다 더 큰 거물인 줄 인제 알았어
아까는 농담이었는데, 하며 머리를 긁적거렸다고 한다

오늘의 에피소드를 두 단어로 정리해 보니
거물과 그물이다
그날은 무척이나 행복한 날이었다
아들놈이 거물이라는 말을 했고,
집사람의 편이 남편인 나라는 사실을
다시 한 번 확인해 줬기 때문이다

시골 아이

서인덕

부모 곁을 떠나 조부모를 부모처럼 여기고 자란 아이
새끼 꼬고 지게 지고 논밭 일구고 머슴처럼 일한 그 아이

기운 가세로 등록금 낼 돈 없어 고개를 떨구던 아이
자취할 비용이 없어 교실에서 기거를 하던 그 학생
동가식서가숙하면서 민주화를 힘차게 부르던 그 대학생

남들은 헤어지기 싫어 울면서 타던 입영 열차
희망의 내일을 기약하며 웃으면서 타던 그 입대 지원자

지리산 자락 조그마한 마을에 비둘기 가족 이루고
우여곡절 끝에 공직에 입문해 한길로 멸사봉공하니
어느새 남부러운 당상관 돼 헌법적 가치를 짊어졌다네

구불구불 지나온 역경 무엇으로 다시 가리오 살리오
어렴풋이 보이는 인생 궤적은 아름다우니
남은 삶도 베풀고 나누고 함께하세나

자유 눈치

서인덕

하얀 털을 가진 늑대개 복돌이
운동하고 오거라 하고 끈을 풀어 줬더니
두두둑 뛰어가는 소리가 전쟁터 말발굽 소리 같다

한참 있다 대문 안으로 들어온다
먹거리로 유혹해도 살짝 보고 도망간다
또 들어온다 또 유혹해 본다
먹이를 보더니 살짝 쳐다보더니 도망간다

한참 지났을까 대문 안으로 어슬렁거리며 들어온다
복돌아 가자 하니 순순히 목줄을 내놓는다
왜 순응한 것일까? 실컷 운동하고 왔기 때문일까?

우리 인간에게 주어진 자유 시간을 생각나게 하는 날이다

세월아

서인덕

세월아 세월아 너는 왜 그리 바쁘냐
좋은 사람 나쁜 사람 따지지 않고
때 되면 가는구나

어린 시간 어른 시간
나의 시간 우리의 시간
느낌만 다를 뿐 모두에게
새벽안개처럼 오는구나

아침에 시작해 점심을 거쳐
저녁에 이르는 시간도
장작불처럼 불식간에 타오르는구나

요놈의 세월! 시간을 붙들고 세월을
도리개로 타작해서 머물기를 기대해도
휘딱 담을 넘는구나

봄 햇볕에 그을린 얼굴의 주름은
가까이 보이는 언덕배기 밭고랑 같고
멀리 보이는 강물결 같구나

우리네 친척 우리네 사촌 같은 세월은
포승줄처럼 우리를 찡찡 감싸고
노는구나

이놈 세월아!
나 좀 놓아라!

세월의 우리 집

서인덕

나는 오늘도 우리 집을 찾았다
봄이 와야 아름다운 우리 집
비가 와야 더 살아나는 우리 집
이른 새벽에 봐야 한껏 실감나는 우리 집

차에서 내리면 기와 대문이 훤칠하게 보인다
한 발짝 내딛으면 애완견 콜리가 가장 먼저 우리를 반긴다
콜리를 지나 푸른 잔디에
살포시 박혀 있는 35개 디딤돌을 건너야 거실로 갈 수 있다

우리 집은 마치 항아리를 바닥에 눕혀 놓은 형상 같다
멀리는 지리산 길상봉吉相峯이 우리 집 기운을 더하고
앞에는 오산 사성암이 눈을 크게 뜨게 만든다
그냥 앉아 있으면 수도승이 따로 있는가

칠 년이라는 긴 세월 객지 생활에 틈틈이 찾아와
우리 집을 보면 언제나 그곳에 그 자리에 있었다
어느 땐 꽃들이 만발하고 어느 땐 열매들이 덩실덩실 춤을 추고
어느 땐 삶의 피곤함을 드러낸 듯 앙상한 가지들만이 덩그러
니 홀로 선다

오늘은 그렇지 않다
천연향, 진달래, 싸리나무, 목련화들이 활짝 나를 반긴다
어찌 나만 반기겠는가 그들은 그 누구를 위해 웃고 있을까
언제나 그렇듯이 사랑스런 콜리는 인생이 그러듯 나를 핥는다

아! 편안함이여 또 집에 왔다
어디를 어떻게 어디서 왔는지 모르지만 그냥 왔다
아! 편안함이여 또다시 집에 왔다
하지만, 뜨거운 마음은 나를 놓아두지 않는구나

말 없는 새벽 열차

서인덕

섬진강 강줄기에서 가물거리게 피어오르는
안개를 뒤로한 채 새벽 열차에 몸을 기댔다
구십구 년의 그해 겨울의 추억을 되새기면서
열차는 구례구역을 지나 차그덕차그덕 순천역에 도착
의기양양한 노인네들 몇 분이 힘차게 입장하자
세찬 바람이 분다

아이구! 넓구만~ 아무데나 앉어푸러~ 아이구 좋구만~
나는 십 년 만에 열차를 타는구만~
나도 오랜만에 열차를 타는구만~
나는 열차를 안 탄 지 얼마 됐는지 알 수 없구만~

어느 노인이 종이컵에 맥주를 따라 어이! 맥주 한잔해
아따 시원하구만 오랜만에 먹어 보는구만~
어이! 거기도 한잔해, 그럼세 아주 좋구만~

근디, 맥주 한 병에 얼마래 몰라 3,000원인지 아닌지
나중에 가게에서 물어보면 알겠지!
맥주 한 병에 오늘 해장해 뻐렸네에~

어이! 할멈 이리 와서 같이 앉어 싫은감

괜찮단께 혼자가 편안해에~

조금 머뭇머뭇하다 그곳으로 가서 앉는다

그리고 그 이후에 조용했다

구수하다 못해 달콤하게 오고 가는

라도 사투리는

여천역까지 눈 깜박할 사이에 나를 실었다

차그덕차그덕 열차는 그렇게 목적지를 향해 또 떠난다

인생은
화장지

서인덕

우리네 인생은
막걸리 집 윙윙대는 손풍기 바람에
절도 없이 흔들리는 벽 화장지네

나그네 손 닦으려고,
주인 식탁 닦으려고
급한 놈 뒤 닦으려고

잽싸게 채어 가네
채어 가면 또 그만큼
내려와 흔들거리네

선풍기 바람이 멈추면
화장지도 우리 인생도 멈추네

선풍기 없어도 천하를 논하던
우리네 인생도 그 화장지처럼 혼자네

나 그네
너도 그네

서인덕

나는 그네네
흔들흔들 오르락내리락

뒤 밀어야 나는 난다네
혼자 날 수 없네

나 그네!

너도 그네
흔들흔들 오르락내리락
주인 타야 너도 난다네
혼자 할 수 없네

너도 그네
나도 그네

오늘도
그 길을 걷는다

서인덕

1. 하나

오전 여섯 시 삼십 분이 되면
어김없이 나는 그 길을 걷습니다

그 길은 버스에서 내려 삼백이십구 걸음을 걸어가야 나옵니다
그 길은 출발선에 선 육상선수처럼
신호등 앞에서 대기하고 있는 버스를 힐끔 바라보면서
신호등을 마주 보고 하얀 선 열한 개를 건너야 들어섭니다

그 길은 넓지 않고 그렇다고 좁지도 않습니다
그저 사람들이 다닐 수 있는 길입니다

그 길 한편에는 이름표를 단 꽃들이 송송 심어져 있고
다른 한편에는 차도와 인도를 구분하는 곳에
철쭉, 은행나무, 그리고 또 다른 사철나무가 심어져 있습니다

멀리 보면 큰 나무들 사이로 퇴색된 청사 건물들이
쇠락하고 있는 위용을 자랑하며 즐비하게 서 있습니다

그 길을 들어서서 오 분 정도 가면
학교가 나오고 학생들이 아침 등교하는 장면이 보입니다
어쩔 때면 그 길은 어느 순간까지는 학생들과 같이 걷기도 합니다

학교에 지나치면
갓 삼십을 넘긴 홍보맨들이 그 거리에서
팸플릿을 나눠 주기에 바쁩니다
그러나 나는 예외인 듯 그냥 지나칩니다

막 학교를 지나면 관악산에서부터 시작되어
흘러내린 아주 좁은 실개천이 보입니다
이곳에 하얀 두루미가 고기 잡으며 노니는 모습도 보입니다
운 좋은 날은 청둥오리 여러 마리가 헤엄치는 모습도 봅니다

2. 둘

이런저런 생각에 젖어 한참 걷다 보면
누가 "안녕하세요" 합니다
그분은 어김없이 그 시간만 되면
뜀박질을 하면서 지나갑니다

그 길 좌측에는 미선나무, 당백나무, 정향나무들이
잡초 속에서 고개를 내밀면서 웃고 있습니다
그 길을 삼분의 이 정도 걸어오다 보면
오던 길 반대 방향으로 건너야 합니다
곧장 가면 그곳은 내가 가야 할 곳이 아닙니다

건너고 나면 보도블록이 나오고 십여 미터 폭의 숲길이 나옵니다
그러고 나서 테니스코트장도 있습니다
간혹 공이 날아오기도 합니다
그 길은 바로 숲속 같은 길을 말합니다
그 길가에는 은행나무가, 가운데는 잣나무가 성큼성큼 서 있습니다
그 길에 들어서면 왠지 시원하고 차분해집니다
그 길이 좋았습니다

가끔 가다 쥐같이 거무스레한 큰 다람쥐 '청설모'가 보입니다
발걸음을 크게 하면
잣나무를 타고 잽싸게 숨바꼭질을 합니다
또 걷다 보면 잔디밭이 보이고
그 가운데에 헬기장이 보입니다

그 길은 잣나무길이 끝나면
오른쪽으로 방향을 틀어야 합니다
여기까지 그 길 따라 오다 보면
백오십여 그루의 은행나무가 서 있습니다

사월과 오월은 신록의 푸르름으로 희망을 주고
구월과 시월은 단풍나무와 사철나무가 어우러져
만산홍엽의 절정을 이룹니다

그 길 주변은 휴양지도 아닌데
밤낮으로 가족들이나 연인들이 찾아옵니다
단풍나무 길을 다 걸으면
또 다른 길로 접어들기 위해 건너야 합니다

그러면 바로 앞에 로마식 하얀 건물이 보입니다
그 건물은 바로
내가 근무하는 청사, 중앙선거관리위원회 NEC

막 정문을 들어서면
안내실 창문 속에서 어떤 분이 인사를 합니다
나는 그분들이 보기 전에도 인사를 먼저 합니다

그때 몸에서 다소 땀이 배어 나옵니다
정문을 지나면 푸르른 잔디에
곱게 단장한 아담한 소나무들이 한눈에 보입니다
그리고 청사 정면으로 들어서는 가운데 길이 보이고
좌우측으로 장애인을 위한 연한 붉은색 길이 보입니다
정면으로 향하는 길 가운데는 큰 소나무가 우뚝 서 있습니다

그 소나무는 아담한 소나무와 다르게 다소 휘어져 있습니다
그 소나무는 청사를 완공한 후에
어느 풍수가의 조언에 따라 심어졌다고 합니다

나는 장애인을 위한 길로 들어서서 걷다가
가운데 길로 들어섭니다
그 길은 삼십 계단으로 되어 있습니다

샛길에 잔디밭에는 공명선거公明選擧 표지석도 있고
공명선거 홍보대사인 장나라 씨가 심었던
이름을 알 수 없는 나무도 보입니다

일층 로비에 도착하면 큰 주물이 보입니다
상하반신의 성이 각기 다른 인간이 큰 주봉을 들고 있습니다
늘 저울처럼 균형을 잃지 않는 선거공정을 상징합니다

3. 셋

나는 그 길을 3년 동안 걸었습니다
나는 그 길을 걷는 동안 사람을 알았습니다
나는 그 길을 걷는 동안 조직을 알 수 있었습니다

나는 그 길을 걷는 동안 선거의 애환을 알았습니다
나는 그 길을 걷는 동안 정치를 어렴풋이 알았습니다
나는 그 길을 걷는 동안 인생을 반추할 수 있었습니다

나는 그 길을 걷는 동안 후회를 해 본 적이 없습니다
나는 다시 그 길을 걷게 될지 알 수 없습니다
나는 또다시 그 길을 걷게 된다면 또 다른 희망을 쏠 것입니다

당신의 그림자

서인덕

모두 당신을 좋아했습니다 한없이
당신을 만나면 모두 행복과 지혜, 기쁨, 슬픔을 어루만집니다
언제나 둘도 아닌 한 번의 당신이 좋았습니다

그러다가, 어느 날 무슨 이유인지 당신을 버립니다
마음이 아리도록, 그러다가 당신을 가끔가다 만나기도 합니다
고기 냄새 진동할 때 당신은 더욱 그립고 만나고 싶습니다

모진 분은 그러다가 영영 당신을 찾지 않습니다
당신이 아니라 당신의 그림자를 취하곤 합니다
모두들 당신의 향기는 좋지만, 건강에 맞지 않는다고 합니다

정말 그렇습니까? 당신의 더 좋은 향기를 숨기는 것은 아닌지요
당신의 풍미에 마음 빼앗겨 지금도 만나고 싶습니다
애환과 같이한 당신의 숨결이 오늘따라 더 느끼고 싶습니다

아침 인사 모닝커피!

마주 보고

서인덕

전철 타면 멀뚱멀뚱
어쩌다 운 좋아 자리 앉으면
우리는 마주 볼 수 없다
멋쩍어 휴대폰 기사 검색하다
살짝 다시 본다
그리고 허공을 응시한다

예쁜 아가씨가 마주 앉아 있으면
바로 볼 수 없다
눈동자를 의도적으로 돌려 버린다
아래쪽 바닥을 응시한다

출입문 닫겠습니다는
멘트가 나오면 그 자리는 채워진다
또 그렇게 힐긋 보다 눈동자를 돌린다

그러길 몇 번 하다 보면 나는 원하는
목적지에 도착해서 누군가에게
빈 공간을 내준다

첫눈 2

이승옥

뽀드득
뽀드득

발자국 남기며
오십에 중년
아지매도

하얀 세상
눈이 내려
기분이 좋다

설레이는 마음으로
내 짝꿍과
첫눈 맞이하네

눈

이승옥

하얀 눈이
내리는 날

마음은
어린아이처럼
마냥 좋아

야!
눈이다

눈사람도 만들고
눈싸움도 해 본다

56세 나이에!
62세 나이에!
그냥 좋다

꽁이

이승옥

우리 집 강아지
꽁이
포메라니안
엄마만 쫄쫄 따라다닌다
앙칼진 목소리로
멍멍멍
귀여운 꽁이
우리에게
기쁨과 미소 주네

복돌이

서인덕

마을 방송 소리에 우후~우
택배기사 방문 시 월~월~월
이리저리 줄 따라 왔다 갔다

짠 것 단것 채육 가리지 않고
음식물 깔끔 해치워
피둥피둥 살이 올랐네

비 오나 눈 오나 밖에서 자고
목줄 풀면 정원 술래놀이
외출한 자동차 소리에 먼저 반기는
우리 지킴이 복돌이

복슬복슬한 하얀 털에 귀는 쫑긋
꼬리는 힘차게 하늘을 향한 게
분명코 설원의 늑대로다

우리 가족이 함께 있으면
복사꽃 매화꽃 활짝 핀 도원처럼
복돌이도 우리도 마냥 행복하다

절구통

서인덕

한겨울 얼어붙은 얼음이
단단히 동여매 붙들고 있듯
정원 한켠 절구통이 꿈적도 않는다

어두운 동굴 속에서 미동도 않는
수도승처럼 방 안에 틀어박혀
게임만 하는 아들을 보드랍게 불러내
용 힘을 써도 소용없다

절반쯤 기준 잡아
나올 방향 쪽으로 밑을 팠더니
밑이 미동하기 시작했다

아들과 내가 으라차 힘을 주니
절구통이 굴러 나왔다
이리저리 굴러서 자리 잡고
깨끗이 물청소하고 닦아 주니
보기 좋은 학독으로 돌아오네

삼겹살 구워 먹는 통으로 쓸까
옥잠화 키우는 수화통으로 상용할까
아니면 그 속에 국화꽃 올려놓을까

세탁기 보내면서

서인덕

오랫동안 우리와 함께한
너와 이별의 시간이 다가왔구나
너는 말없이 나와 우리 가족의 영혼을
말끔히 청소해 주는 선사였다

십칠 년 전 네가
우리 집에 발을 디뎌 놓을 때는
색시같이 젊고 아름다웠지
집에 있을 때나, 외출할 때나
나의 손길이 닿으면 미소 날리며
자원봉사했었지

세월이 흘러 늙어 버린
네가 잠시 힘없이 쉬고 있는지도 모르고
일하라고 재촉하기만 했었구나

이제 가느다란 숨을 유지하기는
너무 수술비가 많이 든다고 하니
이제 너의 손을 놓아야겠다
너도 이러는 우리의 아린 마음을 헤아릴 수 있겠지

어느새 신부처럼 예쁘고 발랄한
또 다른 네가 곧 너의 빈자리를 채우겠지
처연히 창고 뒤켠에서 고물상 아저씨를
기다리는 너의 애잔한 모습이 그려진다

고생했구나 길고 긴 세월 동안
그 말 한마디 못했구나
이제 고맙다는 말 수고했다는 말
안녕이라는 말로 너를 보낸다
잘 가거라 우리 세탁기야~

빗자루

서인덕

몽당 빗자루가 기대어 있다
함부로 몽당 빗자루 버리지 마라

수양버들 가지처럼
관우 수염처럼 휘날릴 때도 있었지

애환의 파편 같은 떨어진 낙엽
연필처럼 닳아진 줄 모르고
자신을 던져 쓰윽 휘익 날려 버렸지

가끔 몽당 빗자루는 세속에 찌든
영혼의 찌꺼기를 개운하게 청소해 주는
영혼의 청정기로 다가온다

어때 나도 비스듬히 기대어 쉴 수 있겠지
불어오는 내일의 바람에
스러질지언정…

8

바람꽃 피는 날 민심

빛고을 자치장*

서인덕

무등 빛고을 시민 여러분!
무술년 새해 훤하게 밝았은께
우리 한번 신명나게 놀아 봅시다
선거장이 섰어 자치 한마당이 섰당께

올해가 민주선거 70년 전남 정도定道 천년이라고 안 허요
어따 여기다 일곱 번째 맞는 지방선거가 동시에 해뿐다요
벌써 그로코롬 됐당가
어그짝 같은데

엄마 허구지게 뭣이 많네 그려
무등 시민 풍성한 식찬에 입이 떡
벌어지네 그려

아 근디, 우리는 자치로 풍성헌디
선관위 식구들 엄청 고생허겄구만
그라제 근디 어쩔 거여~ 원래 그러라고
있는 거 아니여 글씨 그라도 그렇제

요즘 언론 봤는가
선관위 신뢰도가 높게 나왔당께
근께 인자 선거관리는 안말또 않고
맽기자고~ 안 그런가
맞제! 선관위가 "아름다운 선거, 행복한 우리 동네"
맨들자고 무지개 색 깃발 들었다네

그런당가
어따 이번 선거서
풀뿌리 민주주의가 겁나게 거시기
해불꺼만

아 그렁께 우리 모두 얼싸덜싸해서
이번 기회에 동네민주주의 확실히
맨들장께 시계가 홀라당 자빠저불게

그래야 우리 아그들 취직도 허고
빛고을 되불제

근디 정당과 후보자 너그들
맘대로 해부러 허고 냅둘라요

글면 헌법서 뭐시기한 주인명패 쓸데없제

그라고 됨됨이도 보고 공약도 살피고
투표소도 확인허고 헐라치면 시간 좀 솔찬히 들 턴디
허구헌 날 어딜 쏟아다님당가

아따 이 사람 뭔 소리를 그러코롬
깨울창에 내복채 뿐당가
아 이 사람아 자네나 아름다운 선거 맨드는데
싸복싸복 동참허시게나

우리 모두 알고 있제
빛고을은 선거와 정치를 만나면
미리서 걍 신나게 탈춤 춰 뿐당 것을
그라고 본께 이쪽이 민주주의 성지 되부러끄만

196

어 그짝 사람들 우리가 춤추는 그 샤기를 알랑가 모랑가
글시 모르긴 몰라도 쬐까 알것제
어 이 사람아 내 중절모나 이리 주게나
거시기 가야 쓰것네

* 2018. 6. 13 제7회 전국동시지방선거시 아름다운 선거 동네 민주주의를 확산시키기
위해 전라도 사투리로 쓴 시

노회찬 의원
떠나보내며*

서인덕

아~정의를 대변하는 그는 갔다
질기딘질긴 그대의 생명줄을
누가 끊게 만들었던가

천금 같은 무게로 짓누르던
불법정치자금의 범죄 의혹인가
번뜩이는 특별검사의 칼날인가
하시라도 옭아매는 정자법인가

그래 그래 조금만 더 버티지
적폐 속에 버젓이 살아온 이들은
온전히 즐기고 있는데

왜! 뭐 그리 급해 몸을 던졌는가
진보의 가치가 그대의 목숨보다
더 중했단 말인가

부엉이 바위에서
바보 노무현 대통령이 그리던 세상을
그대도 아파트 난간에 서서 꾸었던가
무엇을 풀고 마무리 짓고 싶었던가

오늘 보니 그대를 정말 몰랐네요
민주와 정의, 그리고 진보를
사랑하는 그대의 진면목을
제대로 대접을 못해 준 우리
미안하오

그대는
국민 곁을 홀연히 떠났지만
진짜 진보의 정치인으로
우리 노동자의 벗으로
정의의 동반자로 영원히
남을 것이오

아~ 애절하고 원통하오
그대여! 그대가 꾸던 꿈은
우리에게 맡기고
훌훌 털고 깃털 같은 가벼운 마음으로
우화등선羽化登仙 편안하게 잘 가시오

* 2018년 7월 23일 노회찬 의원 사망 소식을 접하고 안타까움에 그를 기린 시

나쁜 녀석들

서인덕

시민의 파수꾼 자청하고
통소 불던 검사가 똥지게 되었네
검사 그 자리가 냄새나는 자리였던가

악의 도시 조폭과 검정이
고래 심줄처럼 엉켜 있네
악한 놈 사라지니
더 징한 놈이 오는구나

민의 소리 썩은 냄새를
맡으려고 쌍심지를 켜면
듣고 볼 텐데 호연지기 바닥이네

내가 만든 곳간 내가 만든 치간이라
보지 않으려 외면했구나
차라리 옷 벗고 안빈낙도할까나

와운 천년송

서인덕

노스님을 품어 구백구십구 년을 산 이무기
소낙비에 깨어나 굽이치는 뱀사골
뱀은 어디 가고 다래 넝쿨이 빛을 본다

구름도 누워 간다는 와운 마을
경사진 언덕배기에 우뚝 선 일송정

모진 풍파에도 천년 동안 자리를 지켰을까?
먼발치서 보니 일등품 커다란 송이버섯 분명하다

원줄기서 갈라져 나온 두 줄기
마주 보며 곧게 뻗어 좌우 균형을 이루니

천년이 오늘에 이른다

아픔의 고통을 안고 어긋난 가지 바람으로
과감히 도려낸 결단과 용기에 탄복한다

진보와 보수, 여야가 숨을 쉰다면
정파의 이익을 넘는 더 큰 상생의 정치로 나서길 빈다

두 가지가 견제 협력으로 천년의 삶을 산 천년송처럼
우리 산천도 초일류 국가로 천년 거듭날지어다

무등 세상

서인덕

너는 밟아 봤느냐 보았는가
천지가 하얗게 뒤덮인 백의민족의 자태를

저 무등 세상이
세속의 꼴 다 감추듯
천하일색으로 변하니
삼한일통이로다

뽀드득뽀드득 밟는 소리는
백성들이 위정자들에게 토하는 소리
길손이 백무등 보고 지르는 감탄사는
탕평시대 백성들의 공감 소리로다

뜨거운 태양의 열기가
그대를 무너뜨릴지라도
오늘만큼은 백의 자태를 뽐내며
세상을 품을지어다

민심 천심

서인덕

갈 길 바쁜 보름달 세상을 환하게 비출 때
갓끈 매고 낭랑하게 책 읽는 충녕 왕자
취병 얼싸안고 노래하는 양녕 황자

진짜 왕이 되기 싫어 그리했던가
부족한 자질과 미혹한 성심이 흔들었던가

양지 속 기세등등한 세자는 이빨 빠진 호랑이요
어둠 속 숨죽인 대군은 발톱 감춘 진짜 왕이라네

노작거리 백성의 소리는 민심이요
구궁궁궐 군왕의 조서는 천심이라

양녕 세자 폐하고 충녕 세자 세우니
진실은 천심일까 민심일까 강물에 비춰 보네

바람꽃* 피는 날
차 한 잔

서인덕

만상의 날갯짓하는
군상들을 호출해서
찻잔에 넣어 마시면 어떨까?

찰거머리 같은
인간의 오욕칠정을 수거해서
찻잔에 넣어 마시면 어떨까?

신화로 기억되는
영웅호걸들의 전설을 캐서
찻잔 속에 넣어 마시면 어떨까?

바람꽃이 안개처럼 핀 오늘
어깨를 짓누르는 큰 바위 공정을 벗고
차 한 잔을 그대와 같이 마시고 싶다

* 바람꽃 : 미세먼지

6·13 선거

이승옥

공명선거 선거혁명
깨끗한 선거 정책과 공약
매니페스토 비방과 네거티브

민주주의 꽃은 투표
선거철이면 많이 접하는 단어들
국립공원 1호 구례
지리산 1관문
굽이 흐르는 청류 섬진강

구례 역사상 최초
여성 선출직 군의원 당선자
아~ 그대는
멋진 여성 정치인

선거혁명!
멋진 군민이 만들어 준 선택

유권자의 정의가
섬진강처럼 흘렀고

나의 당선은 흐르는
정의의 배에 탔다

그 무엇으로 흔들고 흔들어도
정의의 순풍을 꺾지 못했다

깨끗한 승리!
적폐로 얼룩진 고을에
한줄기 희망과 꿈을 보았다
깨끗한 승리!
여러분, 감사합니다

일상

이승옥

오늘도
정무직 공직자로
공익을 위해 일하고
하루가 저물어 간다

또 다른 일상이
내일도
나를 기다린다

엄마로
작가로
군의원으로
지역봉사자로

오늘도
열심히 일해서
별이 되었다

나의 행복한
보금자리를 위해
지역을 위해

저물어 가는 어둠 속
까만 밤하늘에
별들이 유난히 빛난다

춘우낙수 春雨落水

서인덕

지붕 끝에 걸린 춘우 학독에 낙수하니
집 마당 초에 달린 생화 노란 꽃 재촉한데

경선승리 후보의 상호는 비안飛雁이고
경선패배 후보의 인상은 낙화洛花로다
코로나 19 위기로 길거리 발길 뜸한데
후보 사무실에는 벨소리만 요란하네

옥룡산 비룡飛龍은 아뿔싸 운우를 놓쳤네
봉성산 주작朱雀은 언제 날갯짓하려나

목화토수 정설 선사께서 금을 더하면
우화등선할 수 있을 텐데

추악한 작은 비밀

서인덕

어! 부딪힌다, 또 부딪친다
비방과 흑색들이, 흑색과 비방들이
헤어진 갑옷, 뜯기어진 살점, 솟구친 선혈

오호 쾌재라, 신이 나
싸움을 돋우는 관중들
핏빛으로 감싸 안고 있다
어느새 어둠이 몰려오고 시야가
아스라이 가린다

어디로 갈까 유혹의 샛길에서
휘익 나부끼는 낙엽처럼
아니 태풍이 불어 주는 삭막한 바위투성이의
땅에서 추악한 작은 비밀만 남는구나

가고 있다

서인덕

대한민국이 비틀거린다
지혜를 훔친 도적 때문인가
광장의 촛불 민심 때문인가
왜 몰랐던가 후회하지 말자
선택은 책임의 대가가 따르는 법이지

이제 흔들리지 않아도 되는가
흔들리지 말아야 한다

진짜와 가짜 구별하고
허깨비와 이미지를 넘자

보이는가 보이는가
커다란 대한민국이
열자 열자 희망의 대한민국을

참여와 화합의 노를 저어
'아름다운 선거'
'행복한 대한민국'에 이르자

무제

서인덕

태양이 눈부시게 밝았다
세상의 힘은 한 치도 어긋나지 않았다

십 년마다 파도의 일렁임은 진리처럼 다가왔다
나무·풀·꽃·바람 삼라만상의 온 우주 기운이 더했다

세상은 또 그렇게 열렸다
서로 낮추고 소통하며 국민이 행복한 세상이 왔다

우린 그런 세상을 가꾸어 미래를 또 준비해야만 한다
이것이 이 시대를 사는 우리 모두의 운명이다

수원 시대

서인덕

질곡의 대한민국 역사와 함께한 선거연수원
이십여 년의 종로를 뒤로 하고 수원 서호낙조에
새롭게 둥지 트니

봉황이 알 품듯이 치맛자락을 드리운 여기산 麗妓山이
정조대왕의 애민정신을 말없이 담아낸
축만제 서호와 서로 조응하는구나

오천만 국민들의 애환과 꿈, 그리고 희망을
이곳에 모으니 악양의 동정호가 좁게 얕아 보인 것은
어인 일인고

한단의 고역사를 딛고 대한제국의 시발로
탄생한 대한민국의 내일을 이곳에서 시작하노니
그 이름 "민주시민의 산실"이로다

고대 그리스에서 시원한 민주주의가 이곳에서
성숙한 시민, 위대한 민주시민을 만나 웅비하니
마치 봉황이 순풍을 만나 구만리를 나는 것 같구나

오늘 이러한 뜻과 포부, 꿈을 한 자 한 획으로 표지석에 새기듯
여기에 표하노니 자유와 평등, 공정이 어우르는 변화하는 미래
진화하는 도약의 요람으로 거듭날지어다

강남대로

서인덕

와~ 불이 탄다
가는 빗줄기 아랑곳 않고
벌겋게 장작불이

강남대로 밤 되니
강남화로 되네
뭐 좋다고 야단법석인고

가다 서다
서다 가다
소낙비가 후드득 내려
벌겋게 이글거리는
이놈의 장작불을
확 후들겨 팼으면 좋으련만

섬진강 지리산 털고 한양님 만나
탁주 한 잔에 회포 좀 푸려는데
웬 남대로가 길을 막는지
탁주 쉬면 술맛이 더 좋을런가

강남 사람 속 채는 세상
강북 사람 속 타는 줄 모르고
오히려 야경 소리 크구나

태백산 준령 한강줄기 따라
사람도 권력도 명예도 흘려보내
균형발전 이루면 안 되나 답답하네

예끼! 부촌 사람들아
잘난 체 그만들 하시게나
예전엔 초가지붕 과수원 즐비한
시골 영동永東 아니었던가

새봄이 왔네

서인덕

봄이 왔네 봄이 왔네
배추 잎처럼
사리사리 새봄이

봄이 왔네 봄이 왔네
하얀 하늘을 열어젖히며
힘차게 새봄이

봄이 왔네 봄이 왔네
여인의 앙가슴을 스치듯
살포시 새봄이

봄이 왔네 봄이 왔네
버들피리 물뿌리 타고
조르르 새봄이

봄이 왔네 봄이 왔네
오십 대 중년 기지개 사이로
부스스 새봄이

봄이 왔네 봄이 왔네
선사의 목탁 소리에서
청아하게 새봄이

봄이 왔네 봄이 왔네
이른 아침에 안개를 걷어 젖히며
살며시 새봄이

봄이 왔네 봄이 왔네
삿갓 쓴 나그네의 발걸음에서
나긋이 새봄이

봄이 왔네 봄이 왔네
물동이 이고 가는 아낙네의 엉덩이에서
요염하게 새봄이

봄이 왔네 봄이 왔네
17대 대통령 취임식에서
희망찬 새봄이

봄이 왔네 봄이 왔네
통합과 실용을 타고
알차게 새봄이

봄이 왔네 신화의 봄이 왔네
견제와 안정론에서
평화롭게 새봄이

봄이 왔네 봄이 왔네
복고풍 트로트 타고
흥겹게 새봄이

주흘산
기원제

서인덕

오늘과 같이 밝은 날에
봉 중의 봉 주흘산에 올라
진심으로 천지신명께 고하노니

손이 열리고 땅이 흔들리고 하늘이 열리네
재갈공명·한신·장량이 한곳에 모이니
권문세도 사라지고 충신·양신 고개 드네

박자 놓친 고성루 가락 소리
진저리나도록 탁주와 마주하니
규를 귀로 여겨 귀거래사나 읊어 볼까 보다

서슬이 시퍼런 세상 한 중심에
인을 그 꼴과 잣대로 삼아
덕을 키워 세상에 나가 볼까 하노나

대운하,
알 수 없어요

서인덕

확 가로지르는 한반도 남북으로 운하를 판다
한쪽은 파야 된다고 다른 한쪽은 그 반대에 섰다
온 세상이 온 나라가 법석 난리이다
용솟음치는 용광로처럼 들끓고 있다 시뻘건 쇳물이

한번 생각해 보자
한반도 반만년의 역사를 가진 우리의 생명선이여
한반도 우리의 조상 대대로 내려온 우리 삶의 터전이여
한반도 우주로부터 위임받은 우리의 생명의 기氣가 살아 있는
곳이여

물어보자 되는지 말아야 되는지 단군조선에게
물어보자 우리 앞에 살아가는 선각자들에게
물어보자 우리 앞서 살다간 조상들에게
물어보자 앞으로 태어나 살아갈 우리 후손들에게

팔천만 백의민족이 분노한다
지진이 살아 숨 쉬듯 흔들리는 우리의 자연이
히로시마 원폭이 터지듯 파괴되는 우리의 환경이
북극과 남극을 오고 가듯 우리의 삶의 지축이

우리는 착각했다
우리에게 경제와 행복을 가져다준다기에
님에게 표를 줬는데 알고 보니 그게 아닌가
이미 후회해도 그것은 이미 스치는 바람이거늘

대운하는 있는데, 배만 띄우면 되지
운하는 왜 파는고 노만 저으면 되지
그 이유를 알 수 없다
그 이유를 알 것 같다

산마루에서

서인덕

모처럼 자연의 향기와 만나는 시간
알 수 없는 관악산 자락 밑
도심지의 아파트 가로 지른 가파른 언덕배기
허기진 배와 무거운 휴대폰은 뒷밭에 호미를 거는 듯
왼손에 꼬나문 궐련은 세속의 애환을 품어 대듯
너울너울 창공으로 솟고

선두에 눈을 쫓고 메마른 길을 한참 걷다 보니
낡고 허름한 슬레이트 집이 우리를 반기는구나
마치 하늘나라에서 신선이 잠깐 졸다 떨어져 취하다 갔던 곳
아닌가
누구라도 맞이할 듯 두개의 탁자에 헤어진 여인네의 마음처럼
아무렇게나 앉아 있는 의자에 또 기대 보니
숲속의 찬바람이 마음을 치는구나

단발머리 주모는 아는 듯 모르는 듯 사발 하나를 몰래 놓쳤네
여덟이요 칠이요 그제야 아는 듯 또 한 사발 가져오네
세상을 거꾸로 보듯이 물구나무를 세우다가
다시 가볍게 흔들어 젖히니 청주가 탁주 되는구나

탁주 한 사발, 탁주 한 사발 마주하고
건네니 세속의 때는 어디로 간데없고
때 아닌 때에 이화, 행화, 도화 모두 활짝 피는구나
춘기를 이기지 못해 무릉도원, 무릉도지 외치니
모두들 탁주로 맞장구치네

어! 오늘만 같아라 아! 오늘 같아라
알아주고 또 알아주니
화답하고 또 화답하는구나
여인네 지나가는 소리에 도화는 엄동설한에 피는
하얀 눈같이 내리네

내려오던 길에 발걸음은 비틀비틀 힘을 받고
세속에 가까이 오니 활짝 핀 춘심春心은
어느새 시들어 가는 것을 어이 막을꼬